백명 버튼

백 명 버튼

김동식

위즈덤하우스

두 남자가 있다. 두 남자의 생각은 서로 달랐다.

"모든 성공한 사람은 반드시 누군가를 망하게 했다. 예외 없이 모두 다."

"왜 그렇게 생각하는데?"

"생각이 아니라 사실이다."

"왜? 어떤 근거로?"

"이 세상의 모든 성공은 남을 밟고 일어서는 경쟁이니까."

"그게 뭐야. 그럼 남한테 피해 주지 않고

혼자 열심히 해서 성공한 사람은?"

"그 사람 역시 간접적으로 남을 짓밟았지. 세상에 정원이 무한인 성공은 없다. 혼자 노력해서 성공한 사람은 자신이 남에게 피해를 준 적 없다고 생각하겠지만, 그가 성공함으로써 누군가는 정원 밖으로 밀려난다. 비난받을 일은 아니겠지만, 사실이 그러하다."

"뭐야, 그게. 너무 궤변 아니야?"

"그렇게 생각한다면 넌 절대 성공할 수 없다. 이건 지금 이 사회의 약속이다. 누군가가 성공하면 어디에선가 누군가는 반드시 망한다, 이걸 인정할 줄 알아야만 성공할 수 있다."

"허, 참."

남자는 인상을 찌푸리는 상대에게 확신에 차 말했다.

"그래서 악마가 '백 명 버튼'을 판매한 거다. 그게 이 세상의 진리니까."

❖

인간 세상에 악마가 나타났다. 작은 버튼을 손에 쥔 그는 인류에게 설명했다.

이것은 '백 명 버튼'입니다. 하나의 버튼을 백 명이 딱 한 번씩만 누를 수 있습니다. 그럼 이 버튼을 누른 백 명 중 두 명이 파멸하고 한 명이 성공합니다.

악마는 인류에게 이 '백 명 버튼'의 판매 허가를 요청했다. 공장에서 대량으로 찍어낼 테니, 마트나 문방구 등지에서 판매할 수 있게 해달라는 요구였다. 희망 소비자가격 만 원에 말이다.

사실 인류는 악마의 존재만으로도
난리가 난 상황이었다. 그런데 심지어 그
악마가 인간들에게 수상한 무언가를 팔려고
한다? 인류로서 절대 받아들일 수 없는
제안이었지만, 악마의 말에는 설득력이
있었다.

*악마에 편견이 많으시죠? 하지만 이 제품에
다른 꿍꿍이는 전혀 없습니다. 순수하게 버튼을
누른 백 명 중 두 명의 파멸과 한 명의 성공을
만들어낼 뿐입니다. 이걸 팔아서 제가 얻는
이득이요? 성공하는 사람은 하나인데 파멸하는
사람이 둘이지 않습니까? 그게 제 이윤입니다.
단순하고 명확한 구조죠. 불행 둘 빼기 행복
하나를 하면, 불행 하나가 남으니까요.*

더군다나 악마는 매우 합리적이었다.

인간이 우리 악마에게 이익을 주고
싶지 않다면 그냥 버튼을 사용하지 않으면
됩니다. 그렇지 않습니까? 버튼을 쓰고 말고는
자유롭게 선택할 수 있습니다. 버튼 그 자체로
세상에 피해를 주지는 않습니다. 오히려 이
나라에는 이득일 수도 있습니다. 저는 정식으로
사업자등록을 하고 이 제품을 전 세계에 판매할
겁니다. 직접 고용으로 지역사회 활성화에도
기여하고, 정직하게 세금도 다 내고,
그러고도 남는 금전적인 이익은 모두 사회에
환원하겠습니다. 악마에게 돈이 무슨 필요가
있겠습니까? 제가 원하는 건 불행한 한 명분의
이윤일 뿐입니다. 그러니 제 제안을 받아들여
주시길 바랍니다. 만약 거절하신다면 저는 다른
국가로 넘어가겠습니다. 이곳이 아니더라도

어딘가에서는 받아들일 테니까요.

이런 수상한 제안을 우리 인류가 수용할 수 있을까? 의외로, 대한민국 정부는 악마의 제안을 수락했다. 큰 반발에도 불구하고 그런 결정을 내린 것에 대해서 무성한 소문이 나돌았다. 정부와 악마가 모종의 뒷거래를 했다느니, 악마가 사후 세계의 온갖 정보를 제공하기로 했다느니.

아무튼 정식으로 사업자등록을 마친 악마는 백 명 버튼 공장을 세웠다. 그곳에서 버튼의 제조 과정이 아주 투명하게 공개되었는데, 버튼 자체는 정말 별다를 게 없는 아주 단순한 장치였다. 누르면 뒷면에 적힌 숫자가 하나씩 올라가는 500원짜리 동전만 한 크기의 플라스틱 버튼. 다만, 제품 출고 직전에 악마가 '축복(?)'을 한다는 것만이

특별했다.

시중에 버튼이 풀리기 시작하자 가공할 관심이 쏟아졌다. 악마적 장치에 대한 거부감으로 판매가 부진할 거라는 예상은 보기 좋게 빗나갔다. 가격도 만 원밖에 되지 않으니 많은 이가 호기심에 버튼을 구매했고, SNS에 인증하기 위한 용도로도 엄청나게 팔렸다. 불과 반나절 만에 판매에 가속도가 붙더니, 어느 가게에서도 물건을 구할 수 없는 지경에 이르렀다. 온라인 중고 마켓에는 웃돈을 받고 버튼을 판매하는 글들이 빠르게 쏟아지기 시작했다.

"악마가 화제 끌려고 일부러 수량을 적게 풀었네. 이런 전략은 또 어디서 배웠대?"

"어디긴, 인간들한테 배웠겠지. 어디서 많이 본 그림이잖아."

대히트를 기록한 백 명 버튼을 지켜보던

사람들은 이제, 실제로 그 버튼이 사용되는 모습을 궁금해했다. 정말로 두 명이 파멸하고 한 명이 성공하는 모습이 펼쳐질까? 어떤 식으로 그렇게 될까?

머지않아 알 수 있을 듯했다. 정말 시도하는 이들이 나타나기 시작했으니까.

"백 명 버튼 누르실 분 구합니다! 지금 50번까지 눌렀습니다! 50명만 더 모이면 됩니다!"

"아무나 공짜로 누를 수 있습니다. 인생 역전 한번 해봅시다."

"버튼 릴레이 시작합니다. 한 번 누르고, 무작위로 다음 사람에게 전달하세요."

버튼을 눌러달라고 길거리에서 소리치거나 인터넷으로 구인하는 사람도 있었고, 지인들끼리 돌려가며 누르기도 했다. 그런 현상을 우려하는 목소리 역시 당연히

들려왔다.

"아무리 생각이 없어도 그렇지, 어떻게 대놓고 저럴 수가 있어? 두 명이 파멸한다니까! 사람이 죽을 수도 있다는 거잖아!"

"이걸 허락한 정부도 미친 거지! 이 나라는 악마의 나라냐? 악마의 손아귀에 놀아나다니, 신께서 노하실 거다!"

"젊은 애들 겁도 없다, 참. 한탕주의가 이 정도로 심각할 줄은 몰랐네. 그렇게도 희망이 없대?"

반면 옹호론자들도 있었다. 정치적인 이유 때문이든, 개인 철학 때문이든.

"누가 버튼을 누르라고 목에 칼이라도 들이댔습니까? 사용할지 말지는 개인의 자유입니다. 주식이나 코인과 마찬가지죠. 자신이 선택하고 스스로 그 책임을 져야 하지 않겠습니까?"

"백 명 버튼이 뭐가 끔찍하다고? 어차피 지금 이 세상도 갑들이 모든 걸 착취하고 있는데. 차라리 백 명 버튼이 그보다는 정직하지."

"자꾸 정부를 탓하는데 말입니다. 정부가 어디까지 규제해야 합니까? 백 명 버튼 판매를 막자고요? 그럼 술, 담배는 왜 팝니까? 나쁜 거 다 아는데? 아예 다 법으로 금지하죠?"

반대파와 옹호파의 싸움은 격렬했다. 유명 인사들까지 나서며 많은 논의가 오갔지만, 개개인이 어떻게 생각하든 백 명 버튼은 그 순간에도 실시간으로 사용되고 있었다. 결과는 하루 만에 나타났다.

"백 번! 백 번 카운트한 버튼이 나왔습니다!"

전국에서 백 명 버튼이 작동했다는
소식이 전해질 때마다 버튼을 누른 사람들은
긴장했다. 과연 내가 단 하나의 행운아가
될까? 아니면 재수 없는 두 명이 될까?
결과적으로 대다수는 싱거운 아흔일곱
명에 속하게 되었다. 나머지 세 명. 모두가
궁금해했던 그 극소수의 소문이 엄청난
속도로 세상에 퍼졌다.

"미친! 갑자기 떨어진 화분을 맞고
즉사했대! 와, 파멸하면 진짜 죽네?"

"어떤 여자애는 자기 목숨은 겨우
건졌지만, 부모님이 모두 사고로 돌아가셔서
차라리 같이 죽는 게 나았겠다던데?"

"어떤 사업가는 전 재산을 다 날리고
빚만 몇 억이 생긴 데다, 이혼당하고 딸까지
빼앗겼대. 정말 끔찍한 파멸이야."

파멸에 관한 소문이 퍼지는 속도가

더 빨랐다. 각자가 바라는 성공의 기준이 달라서인지 성공한 사람들의 소문은 꽤 늦게 돌았는데, 이 역시 들으면 납득할 만한 내용이었다.

"어떤 버섯을 잘못 먹고 죽을 뻔해서 파멸에 걸린 줄 알았는데, 글쎄, 며칠 않고 나니 암이 씻은 듯이 나았다고 하더라. 탈모였는데 머리카락도 새로 나기 시작했대!"

"성공에 당첨된 사람이 쓴 글이 공모전에도 당선되고, 곧장 판권만 5억 원에 해외로 팔렸다네."

"성공으로 로또에 당첨됐는데, 그냥 보통 당첨이 아니래. 혼자 같은 번호로 다섯 번이나 당첨됐다더라."

이러한 소문은 두 가지 효과를 일으켰다. 파멸이 두려워 백 명 버튼을 멀리하게 되는 것, 아니면 성공을 더욱 욕망하게 하는 것. 원래 인간의 특성이 그러한지, 파멸에 대한 두려움보다는 성공을 욕망하는 쪽이 더 많았다. 백 명 버튼은 불티나게 팔리기 시작했다. 초반에는 버튼을 조금만 만들던 악마의 공장도 점점 많은 물량을 풀기 시작했고, 어느 순간부터는 전국 어디에서든 누구나 단돈 만 원만 있으면 1분 안에 백 명 버튼을 구매할 수 있게 되었다. 편의점, 문방구, 잡화점, 슈퍼, 심지어 시골 구멍가게까지 백 명 버튼을 판매했다.

악마는 백 명 버튼 공장을 확장하고 직원들을 늘렸다. 일자리가 없어서 망해가던 지역이 악마의 공장 덕분에 놀라운 속도로 발전하기 시작했다. 발 빠른 사람들은 일찍이 부동산 투자를 시작했고, 지역 상점들은 역사상 최고 호황을 맞이하였다. 악마는 약속한 대로 모든 금전적 이익을 세금과 사회

환원에 바쳤다. 본격적인 수출까지 시작하자 그 규모가 상상 이상으로 어마어마해졌다. 국가 경제에도 커다란 영향을 끼쳤는데, 심지어 일개 개인도 버튼을 이용해 돈을 벌 수 있는 방법이 생겨났다. 가장 흔한 것은 '버튼 누르는 아르바이트'였다. 사실, 백 명을 채운다는 건 생각보다 쉬운 일이 아니었다. 목숨이 걸린 도박을 하고 싶어 하는 사람 백 명을 모으기도 쉽지 않았는데, 그런 사람들 중에서 다른 버튼에 귀속되어 있지 않은 사람을 찾기란 더욱 어려웠다. 수십 명 단계에서 버튼이 멈춘 사람들은 안달이 날 수밖에 없었고, 자연스럽게 이런 아르바이트가 탄생했다.

"버튼 누를 사람 열 명만 모집합니다. 20만 원씩 드립니다. 현재 열 명 중 네 명 모였습니다."

누군가는 어떤 사람이 그런 아르바이트에 지원하겠느냐고 했지만, 세상에는 다양한 사람이 있었다. 푼돈 얼마라도 정말 급한 사람, 어차피 자신은 아흔일곱 명 중 하나일 거라며 안일하게 생각하는 사람이 있었고, 이왕 백 명 버튼을 누르기로 한 김에 돈도 벌 수 있어 좋다고 생각하는 사람도 있었다.

한번은 충격적인 뉴스도 전해졌다. 중학생이 돈 때문에 백 명 버튼 아르바이트를 했다가 급성 백혈병으로 사망하게 된 사건이었다. TV 화면 속에서 살려달라고 울던 학생의 모습은 전국 부모들의 간담을 서늘하게 했다. 이후 웬만한 모든 가정이 백 명 버튼을 하나씩 구매했다. 그것을 따로 '가족 버튼'이라고 불렀는데, 가족들끼리만 열 번 안쪽으로 눌러놓고, 집 안에 봉인해두기 위함이었다. 가족 버튼에 귀속되면 밖에서

다른 버튼을 누르는 불상사를 방지할 수
있으니 말이다.

가장 먼저 이 방법을 유행시킨 것은
'김남우'라는 서울대학교 학생이었다. 그는
백 명 버튼의 어마어마한 반대파로, 사람들의
안전을 위해서 '귀속' 시스템을 꼭 이용하기를
권장했다. 이 시스템으로 온라인상에서
순식간에 인플루언서로 성장한 김남우는 최근
어이없는 일을 들었다며 유튜브에서 열변을
토했다.

아는 형님네 집에 도둑이 들었답니다.
뭘 훔쳐 갔는지 아십니까? 가족 버튼을
훔쳤습니다. 그리고 협박을 당한 겁니다. 돈을
주지 않는다면 이 버튼을 거리에 '릴레이'로
뿌려버리겠다고요. 다시 돌려받고 싶으면 돈을
달라고 말입니다. 그 형님은 차마 아이들의

목숨으로 도박을 할 수는 없으니, 어쩔 수 없이 큰돈을 지불하고 버튼을 돌려받았습니다. 백 명 버튼, 이 빌어먹을 놈은 이딴 폐해까지도 일으키는 겁니다.

　김남우가 언급한 '릴레이'는 백 명 버튼의 흔한 사용법 중 하나였다. 백 명 버튼은 크게 두 가지 방식으로 사용되었다. 한 사람의 소유주가 버튼을 가지고 다니며 일일이 아흔아홉 명에게 눌러달라고 하는 방식이 하나, 그리고 다른 하나는 그냥 사람들의 손에서 손으로 세상을 떠돌다가 백 명을 찍게 되는 방식이었다. 후자의 무작위 릴레이 방식을 선호하는 사람도 있었다. 확신이 없을 때는 차라리 운명에 맡기겠다며 던져버리는 것이었다. 다만, 릴레이 방식은 언제 백 명을 달성할지 몰랐다. 하루 만에 백 명이 찰 수도, 영영 백 명이 되지 않을 수도 있었다.
그런 불확실성 때문인지 가장 많은 릴레이는
술자리에서 이루어졌다. 술김에 확 누르고 옆
테이블로, 술김에 누군가 내민 버튼을 확.

릴레이 후반에 가서는 사람들 사이에
눈치 싸움이 일어났다. 눌린 숫자가 높은 백
명 버튼은 판매할 수 있기 때문이었다. 가장
비싼 버튼은 아흔아홉 번 누른 버튼이었다.
말하자면 즉석 복권이었다. 이 세상의
누군가는 지금 바로 복권을 긁어 결과를
알고 싶어 했고, 그것을 위해 거액을 투자할
용의도 있었다. 덕분에 아흔 번 이상 눌린
백 명 버튼은 인터넷에서 자주 판매됐다.
최초의 '중고 버튼' 판매 시도는 무척 기발해
보였지만, 돌이켜보면 그 사람이 번 돈은
푼돈에 불과했다. 시간이 흐를수록 숫자가
높은 버튼의 가격이 점점 더 비싸졌다. 안

그래도 백 명을 모으기 힘든데, 몇 명만 모으면 되는 준비된 버튼의 가치는 높아질 수밖에 없었다.

　그 결과, 물질만능주의 사회라면 당연히 일어날 법한 그 일이 벌어진 것이었다. 사망한 중학생의 소식을 접한 김남우는 분노를 감추지 못하고 유튜브에 터트렸다.

　지금 전 세계 오지에 어떤 공장이 만들어지고 있는 줄 아십니까? 백 명 버튼 공장입니다. 악마가 만든 공장이냐고요? 아니요. 악마보다 더 악마 같은 우리 인간이 만든, 백 명 버튼을 위한 '인간 공장'입니다. 그곳에 감금당한 사람들은 강제로 버튼을 누르고 있습니다. 왜냐고요? 99회짜리 백 명 버튼이 수천 달러, 수만 달러에 팔리니까요. 지금 인간이라는 가축을 키우는 것이 그

어떤 가축을 키우는 것보다 이윤이 높은 겁니다. 가축보다 못한 사람들이 어떤 대접을 받는 줄 아십니까? 무릎을 구부리지 않고는 눕지도 못하는 좁디좁은 감옥에 갇혀서 진흙 빵 따위로 목숨만 겨우 연명하고 있습니다. 살찌워야 하는 돼지랑은 다르게, 이 노예들은 버튼을 누를 수만 있으면 되거든요. 삐쩍 마르든 병이 들든 전혀 상관이 없어요. 지옥입니다. 악마가 아닌 우리 인간이 만든 지옥입니다. 도대체 누가 이런 끔찍한 지옥을 만들었습니까? 누구 말마따나 99회짜리 버튼을 비싸게 소비하는 부자들의 잘못입니까? 아뇨, 그건 물타기입니다. 핵심을 벗어나려는 개수작입니다. 근본적으로 이 '백 명 버튼'의 존재 자체가 잘못입니다!

김남우가 고발한 '인간 공장'은 이미 알

만한 사람들은 다 아는 꽤 알려진 뉴스였다.

사실 지금은 김남우가 알고 있는 것보다
더한 형태로 운영되고 있었다. 초창기 인간
공장의 과도기를 경험한 공장주들은 좀
더 효율적이고 발전된 방식의 인간 공장을
설계했다. 인간 공장의 가장 큰 문제점은
성공이 공장에서 일하는 노예들에게서 나올
확률이 압도적이라는 것이었다. 노예처럼
갇혀 있다가 성공에 당첨된 인간이 그
힘으로 공장을 탈출하게 되는 것까지는
봐준다고 쳐도, 역으로 공장주를 살해하는
극단적인 성공까지도 나왔다. 어떻게 하면
이런 불상사를 막을 수 있을까 고민한
공장주들이 처음 시도한 방법은 성공의 최대
기댓값을 낮추는 것이었다. 손가락 하나만
남겨둔 채 팔다리를 모두 절단하고, 눈과
귀와 성대를 물리적으로 없앤 뒤, 절대 죽지

못하도록 강제로 수명만 연장한다. 그럼
그가 성공에 당첨되어도 뭘 할 수 있겠는가?
그동안 상상할 수 있는 행복이 죽음뿐이었던
사람에게 성공은, 편안한 죽음이라는 안식을
맞이하는 것이었다.

이 방식을 고안해낸 공장주는 업계의
선구자로 통했는데, 그가 새롭게 만든 것이
'시한폭탄'이었다. 그는 백 명 버튼을 판매할
때 뒤에 작은 폭탄을 부착했다. 고객이 사흘
안에 버튼을 누르지 않으면 터지는 장치였다.
왜 이런 방법을 강구해냈을까? 99회짜리
버튼을 일부러 구매해서 그 노예들을
해방하려는 사람들 때문이었다. 어느 선한
사람들은 인간 공장에서 일부러 99회짜리
백 명 버튼을 산 뒤, 그것을 영원히 누르지
않았다. 그럼 그 버튼에 귀속된 노예들은 다른
버튼을 누를 수 없으니, 자연스럽게 공장이

해산하는 그림이 만들어지리란 의도였다.
실제로 시한폭탄이 개발되기 전까지는 인간
공장의 손해가 막심했다. 인간 공장에 대한
방해 공작으로 가장 유명한 인물이 있었으니,
바로 말크 회장이었다. 말크 회장은 90번대
백 명 버튼 수집가였고, 김남우가 존경하는
인물 중 하나였다.

왜 우리나라에는 말크 회장 같은 부자가
없습니까? 말크 회장이 왜 비싼 돈을 주고
90번대 버튼들을 수집하는 줄 아십니까? 절대
안전한 금고에 영원히 봉인하여 사람들의
파멸을 막기 위해서입니다. 이 얼마나 의식
있는 행동입니까? 단순히 버튼 하나당 두
명을 구원하는 게 아닙니다. 실패한 사람들이
계속해서 재도전할 것까지 생각하면, 백
명 모두의 목숨을 구했다고 말해도 과언이

아닙니다. 그런 의미에서 제가 세상을 좋게 만들 한 가지 운동을 여러분 모두에게 제안합니다. '백 명 버튼 수집 운동'입니다. 살면서 보게 되는 모든 백 명 버튼을 수집하시고, 철저히 봉인하세요. 이것은 그 버튼에 귀속된 모두의 인생을 구원하는 일입니다. 의식 있는 모두가 다 함께 이 운동을 펼쳐야 합니다.

김남우의 '백 명 버튼 수집 운동'은 해시태그를 타고 SNS에서 크게 번져나갔다. 평소 백 명 버튼을 비판하던 이들이 적극적으로 운동에 참여했다. 수북이 모아둔 백 명 버튼을 SNS에 인증하는 것은 '좋아요'를 받는 치트 키와 같았다. 대신, 공격도 받았다.

"모든 인간에게는 버튼을 누르고 성공을 얻을 자유와 권리가 있어. 도대체 무슨 권리로

타인의 자유를 침해하는 거야? 그런 패악을
저지르면서도 문제를 느끼지 못한다면, 정말
할 말이 없네."

"대놓고 불법이다. 백 명 버튼은 누군가
만 원에 구매한 개인 재화다. 원주인이 있는
물건을 허락도 없이 소유하는 건 엄연한 절도
행위다."

"버튼을 누른 그 누구도 원하지 않았는데
구원이라는 말을 붙이다니 오만하기 짝이
없어. 이래서 배운 놈들은 안 돼. 자기가
무조건 옳지. 항상 타인을 가르치려
든다니까."

이런 공격을 가장 많이 받는 것은 역시나
김남우였다. 살해 협박까지 당할 정도였는데,
그럼에도 그는 절대 굴하지 않았다. 백 명
버튼이 잘못됐다는 그의 신념은 확고했고,
그에게 힘을 싣는 동지도 많았다. 오히려

공격이 쏟아지면 쏟아질수록 김남우를 중심으로 사람들이 결집했다. 그 결과, 백 명 버튼 반대 단체가 정식으로 출범하는 일까지 일어났다. 각 분야의 내로라하는 유명 인사들은 물론, 정치권까지 대거 참여한 반대 단체는 결성만으로 엄청난 화제를 일으켰다. 이렇게 출범한 단체의 첫 행보는 무엇이 될 것인가? 김남우의 아이디어가 반짝였다.

"백 명 버튼 공장은 하루에도 수십만 개의 버튼을 찍어내고 있습니다. 아직 우리 힘으로 그걸 저지할 방법은 없지만, 미래를 바꿀지도 모를 상징적인 저항은 가능합니다. 백 명 버튼 공장에서 물류 트럭이 빠져나가기 위해 반드시 지나가야 하는 도로가 있습니다. 그 도로의 횡단보도에는 신호등이 따로 없습니다. 법적으로 보행자가 횡단보도를 건너는 동안에는 트럭들이 지나갈 수 없죠.

우린 서로 손을 잡고 인간 고리를 만들어 끊임없이 횡단보도를 건널 겁니다. 48시간 동안 쉬지 않고 말입니다. 그와 동시에 횡단보도 옆에 설치한 무대 위에서 연설하는 모습을 온라인으로 송출할 겁니다. 백 명 버튼 비판 연설을, 모두가 돌아가면서 48시간 동안 단 한 번도 끊기지 않게 말입니다."

48시간 시위를 선전포고한 단체는 약속한 그날, 느릿느릿하게 인간 고리를 만들어 횡단보도를 점거했다. 횡단보도 옆 공터에서는 메인 이벤트인 48시간 무휴식 연속 연설이 온라인 채널로 방송되었다. 발표자들은 끊임없이 연설을 이어나가며 백 명 버튼이 유발한 각종 폐해를 고발했다. 첫 무대에 오른 건 중년 남성이었다.

"제 아들은 소위 말하는 왕따였습니다. 여러분은 요즘의 학교 폭력이 어떤 형태인지 아십니까? 피해 학생을 '백 명 버튼 셔틀'이라고 부르더군요. 우리 아이들은 가해 학생이 누르라는 대로 누를 수밖에 없습니다. 왜 그런 짓을 시키겠습니까? 돈벌이가 되니까요. 그게 아니더라도 괴롭히는 게 재밌으니까요. 그 아이들은 자신의 행동이 자칫 살인으로 이어질 수 있다는 의식도 없습니다. 어떻게 아냐고요? 제가 두 눈으로 똑똑히 봤습니다. 저희 아들이 학교 폭력을 당하며 억지로 누르게 된 백 명 버튼 때문에 죽었을 때, 가해 학생이 뭐라고 한 줄 아십니까? 죽을 줄 몰랐답니다. 절대 그럴 의도가 없었다더군요. 그렇게 말하며 울어대는 게 얼마나 우스운지, 그날 걔가 저보다 더 울었을 겁니다. 그래서 그 아이는 어떻게 됐을까요? 살인죄로 처벌받았을까요? 마땅한 처벌 규정이 없답니다. 이 나라의

법이, 버튼을 강제로 누르게 하는 건 살인이 아니랍니다. 우리 아들은 죽었는데 그 아이는 전학만 갔습니다. 그 아이를 증오한다는 말을 하고 싶은 게 아닙니다. 우리 아들 같은 피해자가 발생하지 않게 막아야 한다는, 너무나도 당연한 말을 하고 싶습니다. 지금 전국의 학교에 백 명 버튼을 이용한 학교 폭력이 얼마나 만연한지, 그것을 알리고 싶은 겁니다. 우리 아이는 가족 버튼으로 묶어두어서 괜찮다고요? 우리 아들도 가족 버튼에 귀속되어 있었습니다. 가해 학생들은 가족 버튼이 있다고 봐주지 않습니다. 집에서 그 버튼을 훔쳐 오지 않으면 죽는다고 협박합니다. 어떤 아이도 절대 안전하지 않습니다. 절대로."

다음으로 무대에 오른 건 학생이었다.

"저희 아버지는 집배원이셨죠. 아버지는

백 명 버튼을 절대 눌러선 안 된다고 항상 말씀하셨어요. 그런 버튼은 바보들이나 누르는 거라고요. 근데 그렇게 백 명 버튼을 경계하셨던 아버지는 백 명 버튼의 효과로 돌아가셨어요. 앞뒤가 다르게 본인만 몰래 버튼을 눌러왔던 게 아니에요. 백 명 버튼 테러에 당한 거예요. 누가 설마 상상이나 했겠어요? 배송 간 집의 초인종이 교묘하게 꾸며놓은 백 명 버튼일 줄 말이에요. 우리 가족은 정말 억울해서 미칠 것 같아요. 저희 아버지는 아무런 욕심도 없는 분인데, 백 명 버튼 같은 걸 혐오하시는 분이었는데도 그렇게 가신 거예요. 이게 말이나 돼요? 버튼을 쓰고 싶어서 안달 난 그 멍청이들이 아닌, 아무 죄 없는 우리 아버지가 왜요? 너무 화가 나서 정말…… 하아……. 아버지 일 이후로 동료분들께 초인종을 절대 누르지 말라는 권고가 떨어졌대요. 집배원이 벨을 못 누르다니 이게 무슨 상식을 벗어난 일이에요? 이게 정말 정상이에요? 백 명 버튼이 진짜 괜찮냐고요! 이런 백 명 버튼 테러가 우리 아버지만의 이야기일 것 같나요? 만원 버스나 지하철에서 강제로 테러당하는 건 차라리 내가 알 수나 있죠. 길을 걷다가 누가 잠깐만 무거운 가방 들어달라고 해서 손잡이를 잡았더니 백 명 버튼을 누르게 되는 거예요. 식당에서 호출 벨을 가장한 백 명 버튼을 눌렀는데 모르고 지나가는 경우도 있어요. 언제 어디서 어떻게 테러당할지 모르는 세상이에요. 백 명 버튼의 자유를 존중한다고요? 어차피 난 평생 안 쓸 거니까 나랑은 상관없는 문제라고요? 어림없어요. 여러분도 언제 어디서 어떻게 당할지 모른다는 걸 아셔야 해요."

이렇게 진행된 48시간 연설은 실시간으로 큰 이목을 끌었다. 단체에서는 이 연설에 함께하고 싶은 사연이 있는 사람이라면 누구든 무대에 오를 수 있다고 공지했다. 48시간보다 더 길어져도 전혀 문제없다고 말이다. 얼마 지나지 않아 방송을 보고 도중에 찾아온 사람들도 무대에 오르기 시작했다. 자신의 사연을 말하는 사람들의 표정은 하나같이 어딘가 비틀려 있었다. 초췌한 얼굴을 한 어느 30대 남성이 그러했다.

"저는 이혼남입니다. 제가 왜 이혼했는지 아십니까? 잠든 사이에 아내가 몰래 제 손가락으로 백 명 버튼을 눌렀기 때문입니다. 소름 돋는 것은요, 한 번이 아니라, 수십 번이나 그랬다는 겁니다. 왜 그런 짓을 했을지 아내의 생각을 짐작해보면 더 무섭습니다. 제가 혹시 성공에 당첨된다면 부부니까 좋고, 파멸에 당첨되어도 사망 보험금을 타서 좋고. 전혀 손해 볼 게 없는 똑똑한 재테크인 겁니다. 만약 제가 이걸 알아채지 못했다면? 지금쯤 제가 어떻게 되어 있을지 모르겠습니다. 전국의 기혼자분들도 주의하시길 바랍니다. 이유를 묻자 '난 당신의 성공을 믿었다'며 가증스럽게 말하는 아내의 모습을 보니, 아마 이 백 명 버튼 재테크에는 죄책감이 그리 크지 않은 것 같습니다."

삐쩍 마른 한 노인도 그러했다.

"가끔 노인정에 찾아와서 버튼만 눌러달라고 하는 놈들이 있는데, 그놈들이야 그럴 만해. 살날 얼마 남지 않은 노인네들이니 아쉬울 게 없다고 생각하겠지. 성공에 당첨돼서 자식들한테 뭐라도 남겨주고 가야 할 거 아니냐고 하는 거, 그놈들은 그럴 수 있어. 근데 내 자식 놈들은 그런 말 하면

안 되잖아? 제 아빠를 요양원에 던져두고
몇 년간 코빼기도 안 보이던 놈이 웬일로
찾아왔나 했더니, 버튼을 누르라네? 나만
그런 게 아니야. 요양원에 있는 노인네들 보면
나 같은 사람이 부지기수야. 그럼 어떡해?
자식들이 버튼 눌러달라는 걸 노인네가
거절할 수 있어? 못 해. 무서워도 억지로 누를
수밖에 없어. 어떤 노인네는 그걸 또 좋아해.
이거 때문에 애들이 자주 찾아올 거라고. 근데
그 노인네 버튼 한 번에 갔어. 쯧."

　자신이 아는 정보를 전하고자 찾아온
이들도 많았다. 어떤 기자는 일부러라도 이
채널에서 특종을 터트렸다.

　"우린 백 명 버튼의 확률을 100분의
1이라고 생각하죠? 그런데 '무한 백 명
버튼'이란 게 있다는 걸 아십니까? 암암리에
'강원도 간다'라는 은어가 사용되고 있는데요.

정말 무시무시합니다. 어떻게 하느냐, 2백 명 정도가 어느 장소에 모입니다. 먼저 백 명이 버튼을 누르고, 세 명이 당첨되어 빠지면 바로 세 명이 충원되어 또 누릅니다. 세 명이 빠지고 충원되는 이 작업을 아흔여덟 명이 남을 때까지 반복하는 겁니다. 그럼 그날 모인 2백 명 중 대략 예순여덟 명이 파멸하고 서른네 명이 성공할 수 있으니, 얼마나 높은 확률입니까? 모인 사람의 숫자가 많으면 많을수록 당첨 확률도 높아집니다. 이 작업은 불과 몇 시간도 걸리지 않습니다. 백 명 버튼에 한 번 당첨되면 두 번은 쓰지 못하니까, 당첨자들은 새 버튼을 눌러도 숫자가 오르지 않아서 금방 알아볼 수 있거든요. 그럼 그들은 장소를 떠나서 파멸하든 성공하든 알아서 하고, 남은 사람들끼리 빠르게 또 백 명을 채우는 거죠.

정말 대단하지 않습니까? 이런 생각을 해낸 것도, 그걸 실제로 행하는 사람들이 있다는 것도 충격적인 일입니다."

어떤 남자는 퇴근길에 급히 차를 돌렸다고 했다.

"저는 교도관입니다. 잠깐 말하고 싶은 게 있어서 들렀습니다. 지금 전국 교도소 재소자들 사이에서 백 명 버튼이 몰래 유통되어 문제가 되고 있습니다. 어차피 감옥에는 미래가 없으니 도박에 목숨을 거는 겁니다. 백 명이 달성되면 얼마나 골치 아픈지요. 두 명은 무조건 죽는다고 봐야 하는데, 이게 또 재소자들끼리 살해하는 식으로 이루어져서 후폭풍이 장난이 아닙니다. 그리고 사람을 끔찍하게 죽인 사형수가 성공에 당첨되어 말도 안 되는 이유로 석방된 뒤 유유히 떠나 대박 나는 일이라도 일어나면……. 교도관으로 일하며 가장 현타가 오는 순간입니다."

가면을 쓴 참가자도 있었다.

"익명으로 폭로하려고 나왔어요. 말하면 다들 알 만한 연예 기획사에서 무슨 일이 벌어졌냐면요. 화합과 안전을 위해서 소속 연예인과 연습생 들을 모두 백 명 버튼 하나에 귀속시킨 뒤 보관하자고 제안했습니다. 당연히 무산되었지만, 이런 걸 제안했다는 것 자체가 비상식적이지 않나요? 분명 대표가 나중에 그걸로 협박하려는 꿍꿍이였을 거예요."

시위가 흐름을 타자, 용기를 내어 사소한 이야기를 꺼내는 사람들도 늘어났다.

"옆 동네 아줌마들이 글쎄, 백 명 버튼 계를 한다는 거예요. 한 달에 한 번씩 모여서 버튼을 누르기로 했대요. 미친 거 아니에요?

정기적으로 한다는 건, 정기적으로 아는
사람들이 죽어나가는 걸 보겠다는 거잖아요?
한 달에 한 번씩 멤버를 모은다는데,
저도 같이하자고 꼬시는 거 있죠? 미친
아줌마들이에요, 완전."

　"딥웹에서는 지금 유명인이 귀속된
버튼에 프리미엄을 붙여서 팔고 있습니다.
아이돌이나 인기 배우가 속한 버튼도 있고,
잘나가는 축구 선수가 묶인 버튼도 있어요.
다양하게 팔더군요. 그것들이 다 진짜인지는
몰라도, 개중 몇 개는 진짜가 있긴 있지
않겠습니까?"

　"유튜버 보그나르가 시청자들 초청해서
백 명 버튼 누르기 콘텐츠를 한다더군요.
아무리 유튜브가 어그로에 미쳐 돌아가도
이런 걸 그냥 둬도 됩니까? 보그나르는
선택은 본인의 몫이라고 선을 긋는데,

뒤늦게 후회해도 방송 분위기 때문에 누르게 되지 않겠습니까? 강요나 마찬가지입니다. 법적으로 막아야 해요, 이런 건."

이들 외에도 무수히 많은 사람이 무대에 올라 백 명 버튼의 폐해를 고발했다. 그야말로 대박이었다. 시위는 계획했던 48시간을 훌쩍 넘겨 55시간 동안 이어질 만큼 크게 흥행했다. 성공적으로 백 명 버튼 반대 단체의 이름을 알린 그들은 본격적인 광화문 집회를 시작했다. 단체의 주도하에 많은 사람이 모여 백 명 버튼 반대 시위를 펼쳤다.

"백 명 버튼을 즉시 금지하라! 정부는 악마에게 내린 살인 허가증을 회수하라!"

"백 명 버튼을 사지도 팔지도 쓰지도 맙시다! 악마의 손아귀에서 벗어납시다!"

시위대가 요구하는 것은 명확했다. 세 가지를 금지하는 것이었다. 백 명 버튼의 생산 금지, 판매 금지, 사용 금지. 그들이 매일 목소리를 높인 결과, 정부의 답변이 돌아왔다.

"백 명 버튼이 나쁜 게 아니라 나쁘게 사용하는 인간들이 나쁜 겁니다. 백 명 버튼 악용자들을 처벌하는 법률을 강화하겠습니다."

이 말이 시위대에게 씨알도 먹힐 리가 없었다. 분노한 시위대의 규모는 날이 갈수록 점점 커졌고, 중심에는 항상 김남우가 존재했다.

"여러분! 우리는 상식을 되찾고자 하는 겁니다! 사람의 목숨으로 도박하지 않는 당연한 세상을 되찾고자 하는 겁니다! 인간이 악마에게 놀아나지 않는 세상을 되찾고자 하는 겁니다!"

온라인 채널의 시청자 수는 김남우가 나서서 연설할 때 가장 많았다. 각종 언론도 실시간으로 그의 연설을 기사로 썼다.

"악마는 버튼 하나당 자신이 남기는 이윤이 딱 한 명의 불행이라고 말했습니다. 정말 그렇습니까? 아니요! 지금 이 세상이 어떻게 되었습니까? 이 세상은 백 명 버튼으로 지옥이 되었습니다! 악마의 이윤은 고작 한 명의 불행이 아닌, 이 세상 모두의 불행인 겁니다!"

김남우는 사실상 백 명 버튼 반대 세력의 구심점이자 아이콘이었다.

"도박 중독만 질병일까요? 백 명 버튼 중독도 심각한 질병입니다. 도박은 돈이 다 떨어지면 못 하기라도 하지, 백 명 버튼 중독자들은 어떻습니까? 아무 일도 일어나지 않는 아흔일곱 명 안에만 들면 자신은 잃은 게 없다고 생각합니다. 이 버튼은 실패의 페널티가 없다는 착각을 하게 만들죠. 그러니

중독적으로 계속 버튼을 눌러대고, 끝내
파멸로 수렴하는 길을 걷는 겁니다."

　　김남우를 보고 광화문 광장으로 몰려든
사람들은 두 분류로 나뉘었다. 김남우의
주장에 감화되어 백 명 버튼 반대 집회를
지지하는 세력, 혹은 그 정반대 세력. 평소
백 명 버튼을 옹호하던 사람들은 이 광화문
집회를 맹렬히 비판했다. 어느 순간 그들도
어떤 단체를 형성하기 시작하더니, 순식간에
세력이 불어나 광화문에서 맞불 시위를
일으켰다.

　　"백 명 버튼의 이용은 전적으로 개인의
자유다! 개인의 자유를 보장하라!"

　　"백 명 버튼을 정치적으로 이용하지
마라!"

　　"김남우는 소수의 사례만을 들어
감정팔이하는 짓거리를 그만둬야 합니다! 백

명 버튼이 지역사회와 한국 경제에 미치는
영향을 팩트를 바탕으로 발표하겠습니다!"

광화문에서 펼쳐진 두 세력의 대립은
격렬했다. 김남우도 매일 최전방에서
메가폰을 들었다.

"인간의 자유를 그렇게 잘 아는 사람들이
인간의 가장 기본적인 권리인 인권은 왜
생각하지 않습니까? 인간은 목숨으로
도박하기 위해 태어나지 않았습니다!"

그는 어떤 공격을 만나도 절대 막힘이
없었는데, 딱 한 번은 달랐다. 그날 김남우의
앞을 막아선 건 휠체어를 탄 병약한
남성이었다.

"김남우 씨, 더는 방법이 없는 우리
시한부 인생들에게 백 명 버튼이 어떤
의미를 가지는지 아십니까? 백 명의
시한부 환자가 백 명 버튼을 누르면, 그중

한 명은 기적을 경험할 수도 있습니다. 두 명의 파멸이요? 어차피 얼마 후면 다 죽을 목숨인데 무슨 의미가 있겠습니까? 그저 기적의 가능성만으로도 감사한 일입니다. 지금 이 시각에도 백 명 버튼은 사람을 살리고 있습니다. 김남우 씨 당신은 백 명 버튼에 좋은 점은 단 하나도 없다고 단언했죠. 우리 시한부 환자들에게는 백 명 버튼이 유일한 구원입니다. 우리를 보고도 정말 단 하나의 좋은 점이 없다고 말할 수 있습니까?"

그의 앞에서 김남우는 입을 열지 못했다. 하지만 김남우가 신념을 굽힐 정도의 사건은 아니었다. 이런 예외적인 사례 하나만으로 흔들리기에는 그동안 경험한 악이 너무 많았다. 백 명 버튼은 백번 생각해도 이 세상에서 꼭 사라져야 할 존재였다. 그리고 그 생각을 더없이 확고히 할 만한 일이 벌어졌다.

사람이 어떻게 그럴 수 있나 싶은, 그 소문 말이다.

"백 명 버튼에 '필승법'이 존재한다는데……?"

처음 이 소식을 들은 김남우는 얼떨떨해했다. 자세한 사정을 알고는 이게 정말 현실인가 의심했다. 아무리 그래도 인간이 이렇게까지 할 수 있단 말인가?

"백 명 버튼의 필승법이 뭔 줄 아십니까? 아흔아홉 명까지만 버튼을 누르게 한 다음에 그 아흔아홉 명을 모조리 죽입니다. 그럼 파멸은 죽임당한 아흔아홉 명 중에 나올 수밖에 없고, 성공은 살아 있는 마지막 한 명에게서만 나온답니다. 백 퍼센트, 무조건 성공에 당첨될 수 있는 필승법인 거죠. 지금 전 세계에서 알음알음 일어나고 있는 일입니다."

김남우를 비롯한 반대파는 분노로 온몸이 부들부들 떨릴 지경이었다. 필승법이라는 이름마저도 너무나 불쾌했다. 대단한 비법이라며 치켜세우는 것 같지 않은가? 이제껏 일어난 백 명 버튼 사건 중에서도 가장 충격적이었다. 백 명 버튼 인간 공장보다 더했다. 어느 정도였냐면, 이 뉴스를 본 사람들이 분노하기보다 걱정을 먼저 할 정도였다.

"이걸 이렇게 뉴스로 내보내도 돼? 이게 널리 알려지면 그동안 이 방법을 몰랐던 사람들까지도 시도하게 되는 거 아니야?"

그 염려는 틀리지 않았다. 지구상 어딘가에서는 인간의 목숨 값이 100달러도 하지 않았고, 성공 한 번으로 벌 수 있는 돈은 사람에 따라 수십조가 넘어갈 수도 있었다. 가진 자들로서는 이걸 하지 않는

건 멍청한 일이었고, 심지어 안 할 수도
없는 노릇이었다. 그들만의 리그에서는 내
경쟁자들의 성공이 나의 멸망일 확률이 너무
높았으니까.

　뉴스가 보도되고 불과 딱 일주일.
곳곳에서 온갖 흉흉한 소문들이 흘러나왔다.
김남우에게도 각종 제보가 쏟아졌다.

　"저희가 주시하던 인간 공장들이 죄다
문을 닫았답니다. 근데 좋은 소식이 아닙니다.
공장을 돌릴 이유가 없지 않습니까? 그들
모두가 필승법의 제물이 되었답니다. 하루도
걸리지 않았습니다. 일말의 고민도 없었단
겁니다."

　"전 세계 폭력 조직들이 지금 미친 듯이
사람을 사냥한답니다. 그쪽 지역에 사는
일반인들 사이에서 버튼 귀속이 필수가 됐고,
그렇게 해도 제대로 다 막지는 못한답니다."

"최근 해외에서는 실종 신고가 쏟아지고 있답니다. 그들이 다 어디로 갔겠습니까?"

백 명 버튼 반대파의 분위기는 참담했다.

"지금도 끔찍하지만 시간이 흐를수록 더할 겁니다. 나중에는 일반인들도 필승법을 쓰려고 난리지 않겠습니까? 무슨 짓을 저질러도 성공만 하면 모든 게 다 해결된다고 믿을 겁니다. 이젠 진짜 가만히 있을 수가 없는 임계점에 도달했습니다. 무슨 수를 쓰든 막아야만 합니다."

반대파는 급하게 총집결 시위를 대규모로 강행했지만, 그걸로 뭘 할 수 있을지는 몰랐다. 그동안 이어진 모든 시위에서 그들이 얻어낸 건 없었다. 이번에도 아마 돌아올 대답은 한결같을 것이었다.

"백 명 버튼이 나쁜 게 아니라 그걸 악용하는 사람들이 나쁜 것입니다. 백 명 버튼

악용자들을 철저히 처벌하겠습니다."

시위해도 달라질 게 없다는 깊은 무력감.
김남우는 연설 도중 눈물을 흘렸다.

"여러분! 여러분! 여러분! 악마가
진정으로 노린 게 이것입니다! 여러분,
아시겠습니까? 악마가 진정으로 노린 게 이
꼴이란 말입니다! 제가 악마여도 이렇게 쉬운
일을 하지 않을 리가 없죠. 항아리에 백 명
넣어놓고 먹이 하나만 던지면 자기들끼리
알아서 다 죽여버리는 게 인간이라는
족속이니, 얼마나 간단합니까?"

울분을 토해내듯 퍼붓던 김남우는
마지막에 가서는 무릎까지 꿇고 모두에게
호소했다.

"이건 정말 아니지 않습니까? 다들
이게 아니란 걸 알고 있지 않습니까? 더는
눈 가리고 아웅 하지 않아야 합니다! 백 명

버튼은 명백히 잘못됐습니다. 모두가 알지 않습니까? 이제 제발 정치를 좀 내려놓고, 지역 경제니 뭐니 하는 헛소리들도 좀 내려놓고, 바보 같은 욕심을 내려놓고, 상식적인 행동을 합시다! 우린 이게 잘못됐다는 걸 모두 알고 있단 말입니다!"

처절했던 김남우의 모습은 전 세계로 퍼져나갔다. 모두가 잘못됐다는 걸 안다던 그의 메시지는 하나의 구호가 되어 많은 이의 호응을 일으켰다. 그러나 그걸로 무언가 바뀔 거라고 기대하는 사람은 별로 없었다. 바뀔 거였다면 이미 예전에 바뀌었을 거라고 대부분 생각했다.

사람들이 생각하지 못한 건 김남우였다. 무릎 꿇은 김남우가 그 자리에서 일어나지 않을 줄은 몰랐다.

"백 명 버튼의 생산 금지, 판매 금지, 사용

금지가 이루어질 때까지 저는 이 자리에서
단식투쟁에 들어가겠습니다."

그를 찍던 카메라도 놀란 눈치일 만큼
사전에 계획되지 않은 일이었다. 주변이
웅성거리는 가운데 무릎 꿇은 김남우는 진짜
그 자리에서 한 발짝도 움직이지 않았다. 그
모습은 절대 조작이 불가능한 생방송으로
24시간 송출되었다. 사람들은 설마 했지만,
김남우는 진짜 만 하루를 그 자리에서 버텼다.
그때부터 기적이 일어나기 시작했다.

"저도 동참하겠습니다."

김남우의 곁으로 누군가 다가와 무릎
꿇었다. 그는 시위 관계자도 아니었고,
김남우의 모습을 보고 멀리서 찾아온
사람이었다. 그를 시작으로 많은 이가
단식투쟁에 합류했다. 몰려든 인파에
김남우를 찍던 카메라는 멀찍이 뒤로

물러서야 했다. 그러나 그것으로도 부족했다. 불과 사흘 만에, 몇 대의 카메라로는 도저히 다 담을 수 없는 장관이 펼쳐졌다. 세계 각지에서 온 수백만 명의 사람이 김남우 주변으로 몰려들어 무릎을 꿇은 것이다. 나이와 지역과 성별과 국적과 모든 걸 떠나 모두 한마음으로. 그 기세에는 점점 가속도가 붙었고, 들불이 번지듯 세력의 범위를 넓혀갔다. 이대로라면 끝도 없이 늘어난 인파가 도시를 마비시킬지도 몰랐다. 이 열기는 현장에만 국한되지 않았다. 많은 사람들이 이들의 투쟁을 응원하고 동참했다. 유명 인사, 어린아이들, 예전에는 백 명 버튼 옹호파였던 몇몇 사람들까지, 모두가 백 명 버튼의 종말을 외쳐댔다.

그것은 드디어 변화를 일으켰다.

"백 명 버튼 공장 가동을 일시

중단합니다."

　　정부의 긴급 발표에 사람들은 환호성을
내질렀다. 김남우도 기뻐했지만, 일어나지는
않았다. 아직도 멀었다며 사람들을 격려하는
김남우의 모습은 언제 쓰러져도 이상하지
않을 것 같았다. 그가 며칠간 정말 아무것도
안 먹었다는 사실은 카메라가 증명하고
있었다. 그 모습을 보고도 이 물결에 참여하지
않기는 쉽지 않았다. 사람들은 멈추지 않고
저항의 물결을 넓혔다. 끝내 그것은 그 의지를
이루어냈다. 대한민국 정부가 공식적으로
선언했다.

　　"악마와의 계약을 해지하겠습니다. 백 명
버튼의 생산 금지와 판매 금지, 사용 금지를
공식적으로 약속합니다!"

　　세상이 떠나갈 것 같은 어마어마한 환호
속에서 김남우는 울었다. 정말 펑펑 울었다.

그의 곁에서 함께 울던 사람들이 많았는데, 사실 김남우의 울음은 그들과 조금은 결이 달랐다. 누구에게도 말하지 못할 비밀이 있었으니까.

❖

백 명 버튼 필승법 소식으로 충격에 빠졌던 김남우는 바로 다음 날, 어떤 장소로 불려갔다. 그곳에는 백 명 버튼 반대 모임의 핵심 인사가 모여 있었다. 그들은 김남우에게 요구했다.

"백 명 버튼을 막기 위한 방법은 단 하나밖에 없습니다. 김남우 씨가 백 명 버튼을 사용하는 겁니다."

"뭐라고요?"

"도박을 하자는 게 아닙니다. 그

필승법대로 우리들 아흔아홉 명이 버튼을
누르고 자살하면, 홀로 남은 김남우 씨가
무조건 성공에 당첨될 겁니다."

"그게 무슨 말도 안 되는⋯⋯!"

"이것이 유일한 방법입니다. 당신만큼 백
명 버튼의 종말을 바라는 사람이 있습니까?
우리에게 당신 같은 대표적인 아이콘이
있습니까? 당신의 성공은 분명 백 명 버튼의
종말이 될 겁니다. 우리에게는 이 가능성밖에
없음을 인정해야 합니다. 우린 백 명 버튼을
파괴하기 위해서 백 명 버튼을 써야 합니다."

"아무리 그래도⋯⋯!"

"필승법이 널리 세상에 알려진 이상,
빠르면 빠를수록 좋습니다. 가진 자들이 더
가지게 될 세상, 없는 자들은 버튼의 재료가
되는 세상이 두렵지 않습니까? 세상이 더
파멸하기 전에 우린 이걸 꼭 해내야 합니다."

김남우는 어떻게 그럴 수 있냐며 눈물을 흘렸지만, 죽음을 각오하고 모인 그들은 버튼을 누르기 시작했다. '딸각, 딸각, 딸각, 딸각……' 버튼이 사람들 사이를 도는 모습을 보며 김남우는 오열했다. 아흔아홉 번째까지 버튼이 눌렸을 때 사람들은 김남우에게 마지막으로 당부했다.

"그럼 꼭 부탁합니다."

그들은 준비해온 약을 마셨다. 그들이 하나둘 쓰러지는 모습을 보며 김남우는 피눈물을 흘렸다. 그 죽음을 절대 헛되게 할 수 없었던 김남우는 모두의 죽음을 확실히 확인한 다음, 마지막으로 백 명 버튼을 눌렀다.

"이 빌어먹을 버튼!"

'딸각.' 버튼이 백 번째 눌렸고, 필승법대로 김남우는 성공했다. 그래서 그는 오늘 광화문 광장에서 백 명 버튼 종말을 이끌 수 있었던 것이다. 백 명 버튼의 힘 덕분이었다.

광장에 모인 사람들은 한 사람의 이름을 연호했다.

"김남우! 김남우! 김남우! 김남우! 김남우!"

사람들의 환호는 한 가지 사실을 예감케 했다. 김남우라는 인물이 앞으로 얼마나 대단해질지, 얼마나 대성공을 하게 될지를 말이다.

얼마 뒤, 이 세상에서 백 명 버튼은 종적을 감췄다. 시중에 이미 풀려 있던 버튼을 걱정했지만, 악마와 계약을 끊은 순간 그 버튼들은 그저 장난감에 불과했다. 세상이

마침내 백 명 버튼이 없던 시절로 돌아간 것이다. 김남우는 축배를 들었다.

"드디어 우린 백 명 버튼에게서 완전히 벗어났습니다! 우리 모두가 해냈습니다!"

많은 이가 백 명 버튼의 종말을 크게 환영했다. 기뻐하며 이제 비로소 상식이 통하는 정상적인 세상으로 돌아왔다고 여겼다.

그리고 두 남자가 있다. 두 남자의 생각은 서로 달랐다. 한 남자는 인상을 찌푸리는 상대에게 확신에 차 말했다.

"그래서 악마가 '백 명 버튼'을 판매한 거다. 그게 이 세상의 진리니까."

"그건 이미 사라졌잖아."

"그래. 김남우가 그렇게 만들었지. 그리고

그 김남우에게 어느 시사 프로그램 진행자는
자리를 빼앗겼고, 어느 정당의 청년 정치인은
기회를 빼앗겼고, 그리고 내 눈앞의 어느
대학생은 졸업식 대표 연설 자리를 빼앗겼지.
알겠어? 모든 성공은 반드시 누군가를 망하게
해야 가능해. 백 명 버튼은 사라졌지만,
어차피 인간 사회 자체가 백 명 버튼이야."

작가의 말

저는 망상을 좋아하는 사람입니다. 좋은
망상거리 중의 하나가 바로 버튼입니다.
버튼은 누르면 무언가가 이루어지는 구조로
되어 있잖아요? 그 무언가를 상상하는 건
아마 모든 창작자가 한번쯤은 해봤으리라
생각합니다. 버튼에 관해서 제가 가장
좋아하는 고전적인 이야기가 있습니다.

어느 날 버튼을 들고 방문한 남자가
제안하죠. 이 버튼을 누르면 백만 달러를

드립니다. 대신 당신이 모르는 누군가가
죽습니다. 주인공은 버튼을 누르고, 남자는
정말로 백만 달러를 주고는 버튼을 챙깁니다.
기뻐하는 주인공이 어디로 가느냐 묻자,
남자는 말하죠. 당신을 모르는 누군가에게로
갑니다.

어린 시절에 들었던 이 이야기는 짧지만
무척 강렬했습니다. 아마 이 이야기의 온갖
변주가 이 세상에 존재할 겁니다. 그래서 저도
이렇게 '백 명 버튼'이라는 장치를 만들어
보았습니다. 인간의 어두운 욕망을 좀 더
거대한 규모로 이야기해보고 싶었거든요.

이 단편은 끊임없는 경우의수를 떠올리는
과정이었습니다. 백 명 버튼이 실제로 이
세상에 존재한다면, 어떤 일이 벌어질까?
그동안 보아온 인류의 모습에 비추어 일어날

것 같은 상황을 다 그려보고자 했죠. 그 포인트가 아마도 공감과 재미를 끌어낼 거라고 생각했는데, 생각보다 많은 수를 떠올리진 못한 것 같습니다. 작품에 쓰지 못한 더 많은 이야기가 있을 것도 같습니다. 궁금하네요. 정말 이 세상에 백 명 버튼이 존재한다면 과연 어떤 일이 벌어질까요? 그리고 이 글을 읽는 독자분들은 과연 백 명 버튼을 이용할까요?

　재밌는 상상이길 바라며, 여기까지 봐주셔서 감사합니다.

2023년 봄
김동식

- 08

백 명 버튼

초판 1쇄 발행 2023년 4월 12일
초판 2쇄 발행 2024년 8월 14일

지은이 김동식
펴낸이 최순영

출판2 본부장 박태근
스토리 독자 팀장 김소연
편집 곽선희 김해지 이은정
디자인 이세호

펴낸곳 ㈜위즈덤하우스　**출판등록** 2000년 5월 23일 제13-1071호
주소 서울특별시 마포구 양화로 19 합정오피스빌딩 17층
전화 02) 2179-5600　**홈페이지** www.wisdomhouse.co.kr

ⓒ 김동식, 2023

ISBN　979-11-6812-708-1 04810
　　　979-11-6812-700-5 (세트)

값 13,000원

한 조각의 문학, 위픽 (wefic)